KB081394

흙과 작물, 사람 그리고 지구를 살리는
농부 영웅이 들려주는 자연의 지혜

농부의
인문학

농부의 인문학

2019년 12월 9일 처음 펴냄
2020년 3월 11일 2쇄 펴냄

지은이 서정홍
그린이 치달
펴낸이 신명철
편집 윤정현
영업 박철환
관리 이춘보
디자인 최희윤
펴낸곳 (주)우리교육
등록 제 313-2001-52호
주소 03993 서울특별시 마포구 월드컵북로 6길 46
전화 02-3142-6770
팩스 02-3142-6772
홈페이지 www.uriedu.co.kr

ⓒ서정홍 2019
ISBN 978-89-8040-896-2 03810

이 도서의 국립중앙도서관 출판시도서목록(CIP)은
서지정보유통지원시스템 홈페이지(http://seoji.nl.go.kr)에서 이용하실 수 있습니다.
(CIP 제어번호:CIP2019048486)

흙과 작물, 사람 그리고 지구를 살리는
농부 영웅이 들려주는 자연의 지혜

농부의
인문학

서정홍 지음
치달 그림

우리교육

자연 속에서

자유롭고 행복한 삶을 누리고 싶은 분들께

이 책을 바칩니다.

마음먹기에 따라 다른, 먹고사는 일

해월 최시형 선생은 하늘은 사람에 의지하고 사람은
먹는 데 의지한다고 했으며, 만사를 안다는 것은 밥 한
그릇을 먹는 이치를 아는 데 있다고 했습니다. 그 말씀
을 곰곰이 생각해 보니, 밥 한 그릇을 제대로 알게 되
면 만사를 다 알 수 있겠구나 싶습니다. 그런데 이 일
을 어쩌면 좋습니까? 날이 갈수록 세상 사람들이 밥
을 후닥닥 때우고 있으니 말입니다. 우주만물 가운데
어느 것 하나가 빠져도 밥 한 그릇이 만들어질 수 없
다고 하는데…….

작은 산골 마을에 들어와 농사지으면서 문득 저를
돌아보니, 세상 사람들 속에 제가 도시에 살 때의 모습
이 보였습니다. 그날부터 거울을 볼 때마다 얼굴이 달
아올랐습니다. 여태 먹는 데 의지하고 살아온 보잘것없

는 제가, 목숨 살려준 밥을 모시지 않고 때우고 살았으니 어찌 얼굴이 달아오르지 않겠습니까?

스무 해 전쯤, 산골 농부가 되려고 마음먹었을 때 가장 먼저 아내와 자식들이 반대했습니다. 그리고 형제들과 친구들과 나를 아는 모든 사람이 다 반대했습니다. 첫 번째 이유가 "산골에 가서 무어 먹고살겠느냐?"는 것이었습니다. 저는 그때 처음 깨달았습니다. 먹고사는 게 이 세상 그 무엇보다 소중하다는 것을! 그러나 먹고 살 수 있게 봄여름가을겨울 묵묵히 땀 흘리며 농사짓는 농부를 단 한 번도 존중하거나 존경하지 않았다는 것을!

안타깝게도 제 둘레에는 농부를 존중하거나 존경해야 한다고 가르치는 부모나 교사도 없었고 선배나 스승도 거의 없었습니다. 힘들고 돈벌이 안 되는 직업 가

운데 가장 선택하면 안 될 것이 농부라 여기기 때문입
니다.

 스무 해 전이나 지금이나 세상은 거의 달라진 게 없
습니다. 이런 야박한 세상에, 이 책이 어떤 역할을 할
수 있을까요? 이 책은 누굴 가르치려고 펴낸 것이 아
닙니다. 산골 농부가 농사지으며 틈틈이 쓴 '부끄러운
고백록'이며, 언제까지나 배우는 마음으로 살고 싶은
간절한 바람이라 여기고 읽어 주시면 고맙겠습니다. 서
툴고 못난 글이지만 지금 이 시간에도 땀 흘리며 농사
짓는 농부들과 숲(자연, 농촌)으로 돌아가고 싶은 분들
에게 작은 위로와 용기가 될 수 있다면 더 바랄 게 없
습니다.
 머지않아 농부로 살아온 날이 가장 행복하고 자랑스

러웠다고 말할 수 있는 때가 반드시 오리라 생각합니다. 부디 이 책을 읽는 사람들은 농부를 바라보는 마음이 조금은 달라지기를 바랍니다. 끝으로 산골 농부가 쓴 글을 귀한 눈으로 보아 주고 곱게 책을 펴내 주신 우리교육 윤정현 님과 식구들, 서툰 글에 정성스럽게 그림을 그려 주신 치달 작가님, 추천 글을 써 주신 청년 농부 김예슬 님, 이 책이 세상에 나오기까지 애써 주신 모든 분께 머리 숙여 인사드립니다. 고맙습니다.

사람도 새도 벌레도 함께 살아가는 산밭에서
산골 농부 서정홍

| 차례 |

3부 농부 다시 보기

1부

자연이 가르쳐 준 것들

세상에 홀로 살아가는 생명은 없습니다

모든 사람은 밥 한 숟가락에 기대어 삽니다. 아무리 잘나고 똑똑한 사람이라 해도, 많은 돈과 권력을 쥐고 있는 사람이라 해도, 먹지 않고는 살 수 없습니다.

살다가 누구나 몸이 심하게 아프거나 죽을 때가 다가오면 밥 한 숟가락 목으로 넘기지 못합니다. 그제야 사람들은 깨닫습니다. 대수롭지 않게 생각하던 밥 한 숟가락에 기대어 살아왔다는 것을.

모든 생명은 하늘과 땅과 공기와 물과 햇볕과 비와 바람과 구름에 기대어 삽니다. 산과 들과 풀과 꽃과 나비와 벌에 기대어 삽니다. 언덕도 언덕끼리 나무도 나무끼리 서로 비바람 막아주고, 기대며 살아갑니다. 서로 기대지 않고 홀로 살아가는 생명은 없습니다.

생명 앞에선 머리를 숙이고

농부는 이랑을 갈거나 씨앗을 뿌리거나 풀을 맬 때 머리를 숙입니다.

머리를 숙이는 것은 자신을 낮추어 다른 생명을 존중하고, 마음을 여는 소중한 몸짓입니다.

연둣빛 새싹 앞에서도, 지렁이 한 마리 앞에서도, 똥 거름 앞에서도, 머리를 숙입니다. 머리를 숙이지 않으면 곡식 한 톨 거둘 수 없으니까요. 사람을 살리는 생명 앞에 머리를 숙이는 일이 바로 농사입니다.

기도하는 마음으로

　도시 사람들은 바쁜 틈을 내어 절이나 교회를 찾아가 무릎 꿇고 기도하지만, 농부는 사람을 살리는 작물 앞에 날마다 무릎 꿇고 기도합니다.

　무어 굳이 무릎을 꿇을 것까지야 있겠느냐 할 수도 있지만, 씨앗을 심거나 풀을 맬 때나 배추벌레 한 마리 잡을 때도 무릎에 무리가 가지 않도록 궁둥이에 붙이는 '쪼그리'*에 앉거나 무릎을 꿇어야만 합니다. 몸을 낮추지 않으면 제대로 일을 할 수 없기에 저절로 무릎을 꿇게 되는 것입니다. 그런 자세로 일하다 보면 욕심도 잡념도 새처럼 날아가 버립니다.

　농부가 작물을 심고 가꾸는 일에 무릎을 꿇는다는 것은 생명을 살리는 기도나 마찬가지입니다.

---

*농부들이 앉아서 일할 때 쓰는 의자.

날마다 기적을 일굽니다

농부는 똑같은 땅에서 온갖 맛과 모양과 빛깔을 가진 생명이 태어나고 자라는 모습을 날마다 보며 살아갑니다. 똑같은 땅에서 똑같은 햇볕 아래 똑같이 자랐는데, 고구마는 달게 땅콩은 고소하게 고추는 맵게 오이는 길쭉하게 방울토마토는 둥글게 감자는 울퉁불퉁하게 자라다니요. 이보다 더 큰 기적이 어디 있겠습니까?

종자가 다르니 당연한 것 아니냐고 할 수도 있지만, 땅이 주는 영양분은 똑같은데 종자의 개성이 저마다 한껏 발휘되는 것이야말로 기적이 아닐까요?

농부는 오늘도 기적을 일구러 설레는 마음으로 들녘으로 달려갑니다.

씨앗이 품은 것

배추씨나 무씨를 손바닥 위에 가만히 올려놓고 바라
봅니다. 모래알보다 작은 이 씨앗 안에 무엇이 들었을
까요? 크든 작든 세상의 모든 씨앗은 그 안에 상상할
수 없이 신비롭고 놀라운 생명을 품고 있습니다. 씨앗
은 잎과 줄기를 품고, 고운 꽃과 열매를 품고, 또 다른
씨앗도 품고 있습니다.

이 작은 씨앗이 땅에 떨어져 뿌리를 내리고, 여린 싹
을 틔우고, 땡볕 아래에서 때론 비바람 견디며 자랄 것
이라 생각하면 마음이 짠합니다.

그러나 씨앗이 하루가 다르게 무럭무럭 자라면서 농
부에게 숱한 이야기를 속살속살 들려주리라 생각하면,
그 모든 역경을 이겨낸 씨앗의 이야기를 오히려 기다리
게 됩니다. 농부는 씨앗이 들려주는 신비스럽고 놀라
운 이야기를 들으며 살아갑니다.

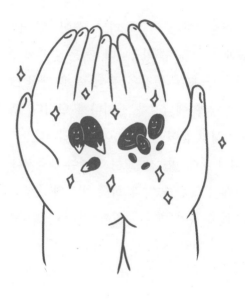

순환이 시작되는 곳, 흙

흙이 건강해야 꽃이 잘 피고, 꽃이 잘 피어야만 튼실한 열매를 맺을 수 있습니다. 흙은 기온과 습도를 조절하고, 세상 모든 물질을 품어 썩게 하여 그 힘으로 새로운 생명과 에너지가 생겨나게 합니다. 흙은 모든 생명을 정성껏 품어 살리는 '어머니'입니다.

어머니인 흙이 병들면 모든 생명이 병들거나 죽고 맙니다. 그래서 독한 농약과 화학 비료와 온갖 쓰레기와 폐수 따위에 흙이 병들지 않게 하려고 일생을 바치는 사람이 있는 것입니다.

명당은 농부 하기 나름

　황무지를 개간하여 기름진 옥토로 만들어 사람과 자연을 살리는 농부가 있는가 하면, 기름진 옥토에 독한 농약과 화학 비료를 마구 뿌려 사람과 자연을 죽이는 농부도 있습니다.

　이렇듯이 어떻게 사느냐에 따라 명당이 되기도 하고, 명당을 망치기도 합니다. 그러니 명당은 따로 있는 게 아니라 스스로 만들어 가는 것입니다.

땅심은 다시 땅으로

농부는 여러 가지 작물을 돌려짓고*, 같은 땅에 두 가지 이상 작물을 섞어 지으면서** 저절로 땅심***이 살아나도록 합니다. 땅심이 살아나야 작물이 병해충을 스스로 이겨낼 수 있으니까요.

농부는 그 땅에서 자란 풀과 작물의 잎과 가지들도 모두 그 땅으로 돌려줍니다. 그 땅에서 자란 작물을 먹고 눈 똥오줌도 그 땅으로 돌려줍니다.

황금보다 귀한 똥과 오줌을 수세식 변기에 버려 강과 바다를 오염시키지 않고, '생태 뒷간'을 지어 식구들이 눈 똥오줌을 거름으로 만들어 땅으로 돌려줍니다. 다시 돌려주는 일, 결국 땅과 사람을 살리는 일입니다.

---

*돌려짓기, 윤작.
**섞어짓기, 혼작.
***토지가 작물을 자라게 할 수 있는 힘.

자연과 사람을 살리는 소농

무거운 농기계로 땅을 갈면 겉으로 보기에는 흙이 부드러운 것 같이 보이지만, 곧바로 딱딱해집니다. 누구나 한 번 농기계로 땅을 가는 버릇이 들면, 자기도 모르는 사이에 편리함에 익숙해져 자꾸 농기계를 쓰기 마련입니다.

잘못된 버릇은 칡넝쿨만큼이나 질기고 미세먼지처럼 잘 보이지 않습니다.

일본에서 '자연농학교'를 열고 있는 가와구치 요시카즈는 농기계로 땅을 갈지 않으면 풀뿌리가 잘 뻗으며 흙이 포슬포슬 부드러워지고, 동물의 똥과 식물의 잔해가 쌓여 땅이 기름지게 변한다고 합니다.

하지만 나이 들어 기력이 약해진 농부들이 농기계를 쓰지 않고 어찌 농사를 지을 수 있으며, 젊은 농부라 해도 농사일이 많으면 농기계를 쓸 수밖에 없지 않겠습니까? 그러니까 농기계를 쓰지 않고도 농사지을 수 있는 '소농'이 늘어나야 합니다. 소농이 아니면 어찌 병든 자연과 사람을 살릴 수 있겠습니까?

똥이 보물입니다

농약과 화학 비료를 쓰지 않고 자연의 순환을 돕는 유기농법으로 농사지으려면 이만저만 힘든 것이 아닙니다. 그 중에서 똥은 유기농법에서 농부에게 보물과도 같은 존재입니다.

똥이 있어야 거름을 만들어 농사지을 수 있고, 그 거름으로 농사를 지어야만 몸에 해가 안 되는 작물을 얻을 수 있으니까요. 똥은 식물마다 꽃이 피게 하고, 좋은 향을 내거나 열매를 맺게 하고, 메마른 땅을 기름진 땅으로 바꾸어줍니다. 똥은 곧 밥이고 우리 몸속에 흐르는 따뜻한 피와 같습니다.

이렇게 소중한 소똥, 닭똥, 돼지똥, 염소똥, 사슴똥, 사람똥은 날마다 우리가 힘을 내는 데 필요한 음식 재료를 얻을 수 있게 해 줍니다. 그러니 똥이 보물이지요.

똥이 문제입니다

똥은 먹은 대로 나옵니다. 감자를 먹으면 감자 똥이 나오고, 고구마를 먹으면 고구마 똥이 나옵니다. 불량 음식을 먹으면 당연히 불량 똥이 나옵니다. 이 세상에 똥만큼 정직한 게 없습니다.

그런데 이 똥이 요즘 문제입니다. 왜냐하면 사람들이 어느 나라에서, 누가, 어떻게 생산했는지도 모르는 수입 농산물과 온갖 화학 첨가물로 가득한 가공식품을 먹고 똥을 누기 때문입니다.

사람들과 짐승들이 건강한 음식을 먹고 눈 똥을 다시 땅으로 되돌려, 그게 거름이 되어 땅을 살리고, 그 땅에서 생산한 건강한 먹을거리를 유기농산물이라 합니다. 동식물이 소화해서 분해해 내보내는 똥은 자연상태와 같은 것이라 그 성분에 새로운 독성이 첨가될 리 만무합니다.

그렇다면 거름으로 가장 많이 쓰는 소와 닭과 돼지
가 눈 똥이 건강한 똥인지 깊이 생각해 봐야 합니다.
  생산비를 낮추고 가격 경쟁력을 높이려고 가축을 좁
은 장소에 모아 기르는 축산을 '공장식 축산'이라 합니
다. 비위생적인 사육 환경 속에서 항생제와 같은 온갖
나쁜 물질이 들어간 가공 사료를 먹고 눈 똥을 과연
건강한 똥이라고 할 수 있을까요?
  건강한 거름으로 농사를 지어 땅과 사람을 살리려고
애써야 합니다. 똥이 곧 우리 밥이고, 자라나는 아이들
의 '미래'이기 때문입니다.

잡초도 귀한 풀

농부는 보잘것없어 보이는 잡초도 귀하게 여깁니다. 식물도 사람처럼 서로 경쟁하면서 자라지만, 경쟁하면서 좋은 관계를 맺어갈 때가 많습니다.

옥수수좀벌레가 기승을 부리는 밭은 잡초가 없는 것보다, 어느 정도 잡초가 자라야만 옥수수가 잘 자라고 수확량이 늘어납니다.

만일 논두렁 밭두렁에 잡초가 나지 않으면 어떻게 될까요? 큰비가 내리면 논둑 밭둑이 다 무너질 것이니, 잡초가 사람을 먹여 살린다고 해도 결코 지나친 말이 아닙니다.

그뿐만이 아닙니다. 논밭 가에 향기 나는 잡초(허브 종류)를 심으면 작물에 피해를 주는 벌레를 쫓아낼 수 있습니다.

그러고 보면 이 세상에 잡초는 없습니다. 어디서나

돋아나 흔하고 보잘것없어 보이는 잡초도, 바르게 쓰면 녹용과 산삼만큼 훌륭한 약초가 되어 이로움을 주니 말입니다.

찰나의 깨달음

땀 흘리며 일을 하다가도 숨을 돌리느라 한 번씩 멈출 때가 있습니다. 그러면 보이지 않던 것도 보이고, 들리지 않던 것도 들립니다.

틈을 내어 새 한 마리 날아간 자리를 물끄러미 바라보기도 하고, 눈을 지그시 감고 흐르는 개울물 소리에 귀를 기울입니다.

자연의 움직임과 소리에 귀를 기울이다 보면 자연이 몸속으로 가만히 들어옵니다. 그와 동시에 만물의 으뜸은 인간이 아니라, 인간은 만물 안에 들어 있는 작은 존재라는 것을 스스로 깨닫고 머리를 숙입니다.

농사일엔 때가 있습니다

농부는 씨앗을 뿌려야 할 때를 놓치거나 거두어야 할 때를 놓치면, 굶거나 빌어먹을 수밖에 없습니다. 때를 놓치고 빈둥거리며 돌아다니는 농부를 '건달'이라 하고, 건달이 짓는 농사를 '건달농사'라 합니다.

슬기롭고 부지런한 농부는 무더운 여름에는 해보다 먼저 일어나 논밭에 나가 풀을 맵니다. 그러나 어리석고 게으른 농부는 한낮에 비지땀을 뻘뻘 흘리며 풀을 맵니다.

사람 관계든 농사일이든 때를 놓친 일은 오래도록 어깨를 짓누르며 몸과 마음을 고달프게 한다는 것을 농부는 잘 알고 있습니다.

24절기는 태양의 위치에 따른 일조량, 강수량, 기온들을 보고 농사를 짓는 데 도움이 되게 만든 것으로 한 달에 두 번씩 있습니다. 지금은 비록 지구 온난화로

24절기가 뒤죽박죽되었지만, 그래도 그 절기를 알고 있으면 농사짓는 데 도움이 됩니다.

그래서 농부가 때를 안다는 것은 하루가 다르게 변하는 자연과 세상을 안다는 것입니다.

때를 아는 것은 관심

농부는 날마다 논밭에 심어둔 작물에 달려갑니다. 밤새 몰아치던 바람에 이파리가 상하거나 뿌리가 뽑힌 것은 아닌지, 수분이나 거름이 모자라지는 않는지, 솎거나 북주기 할 때가 되었는지, 꽃샘추위에 여린 싹이 얼지는 않았는지, 땅강아지가 논둑에 구멍을 내지는 않았는지…….

날마다 살피지 않으면 좋은 열매를 맺을 수 없고, 호미로 막을 것을 가래로 막아야 합니다. 더구나 작물은 주인 발걸음 소리를 듣고 자란다고 하지 않습니까?

날마다 살피는 일이 고되지 않으냐고요? 세상 어느 일이든 무관심하게 내버려 두면 제대로 풀리지 않고, 물건은 고장 나기 쉬우며, 사람과의 관계는 결국 아무것도 아닌 남남이 되어 버립니다. 때때로 어떤 것들은 관심을 두어도 잘 안 풀릴 때도 있고요.

하지만 작물은 관심을 두면 대부분은 근사한 열매를 맺습니다. 그러니 하루하루 작물이 자라는 모습을 들여다보는 기쁨을 이 세상 무엇과 견줄 수 있겠습니까?

기다림의 미학

아메리카 원주민들이 기우제를 지내면 반드시 비가 온다고 합니다. 비가 올 때까지 기우제를 지내기 때문입니다.

어떤 시인은 사람을 만나는 일보다 사람을 기다리는 시간이 훨씬 좋다고 합니다. 그 말만 들어도 설렘으로 가득 차 있는 시인의 느긋한 마음이 느껴집니다.

농부는 씨앗을 심고 가꾸면서 크고 튼실한 열매가 맺힐 때까지 설렘을 안고 기다리고 또 기다립니다. 배움 가운데 가장 큰 배움이 '기다림'입니다. 아무리 작은 일이라도 기다리지 않고 이루어지는 일은 없습니다.

자연의 때를 아는 농부도 시인 못지않게 말없이 기다릴 줄 압니다. 서두른다고 해서 여름 다음에 겨울이 오는 법은 없으니까요.

자연의 순리를 따라

농부는 자연의 순리에 따라 살아갑니다. 하늘에서 햇볕과 바람과 공기와 비를 주지 않으면 풀 한 포기, 나무 한 그루, 벌레 한 마리 살 수 없으니까요.

도시 사람들은 비가 오든 눈이 오든 거의 비슷한 일을 하지만, 농부는 날씨에 따라 하는 일이 조금씩 달라집니다.

비 소식을 들으면 비설거지*를 하고, 비 오는 날은 고구마 순을 심고, 흐린 날은 풀을 매고, 맑은 날은 거두어들인 곡식을 햇볕에 늘어 말리고…….

농부는 곧 자연입니다.

---

*비가 오려고 할 때 물건들을 비에 맞지 않게 거두거나 덮거나 하는 일.

2부

농부의 설명서

땀이 곧 보약입니다

농부는 움직일 힘만 있으면 들로 나가 부지런히 농사를 짓습니다. 들녘에서 농사짓다 보면 이마와 등줄기에 땀이 흐릅니다. 그 땀에서 나는 냄새를 '사람 냄새'라 합니다. 공장이든 사무실이든 세상 어디에서나 이렇게 '사람 냄새'가 나야만 밥 한 그릇 입으로 넣을 수 있고, 사람이 사람답게 살아갈 수 있는 세상을 앞당길 수 있습니다.

옛날부터 땀 흘리며 일하기 싫어하는 사람을 '날강도'라 불렀습니다. 이때 말하는 땀은 꼭 육체적인 노동을 하면서 흘리는 땀이라기보다는 이웃과 더불어 행복해지기 위해 노력하는 모습을 말합니다.

땀 흘리며 일을 하면 혈액순환이 잘되어 머리가 맑아지고, 소화가 잘되어 온몸이 튼튼해지고, 하찮은 잡념이 사라져 마음은 저절로 깨끗해지고, 바른 생각이 샘물처럼 솟아납니다.

사람이 일하지 않으면 온갖 삿된 생각이 일어나 자신과 집안을 망치고 이웃과 나라를 망칩니다. 탈무드에서도 '자식에게 일하는 것을 가르치지 않는 아버지는 자식이 도둑이 되도록 교육하는 것과 같다'고 했습니다.

몸과 마음을 살리고 세상을 살리는 길은, 몸과 마음이 상하지 않도록 꾸준하게 일하는 것입니다. 이보다 더 좋은 '보약'은 없습니다. 사람들이 바라는 진정한 행복과 자유는 모두 땀을 흘려야만 얻을 수 있으니까요.

땀 흘려 돈을 번다는 것

도시에서 돈을 벌어 농촌으로 온 사람 가운데, 농사는 짓지 않고 여기저기 팔려고 내놓은 땅을 사고팔아 더 큰 부자가 된 사람이 더러 있습니다. 그들은 그 돈을 관리하느라 늘 애가 타고 바쁘게 살아갑니다. 그러다 보니 안타까울 만큼 목과 어깨가 뻣뻣해 보입니다. 그런 사람들은 땀 흘려 일하지 않았으니 '사람 냄새'가 나지 않을 뿐 아니라, 목과 어깨가 뻣뻣해 혈액순환도 안 돼서 건강하게 살기도 어렵습니다.

돈은 쌓이면 짐이 되고 독이 될 때가 훨씬 더 많습니다. 돈이라는 것은 어떤 일을 하기 위해 필요한 도구인데, 정작 써야 할 때를 놓치고, 그저 모으기만 한다면 무슨 소용이겠습니까? 잘못 쓰면 짐이 되고 독이 되는 돈은, 어디에 쓰느냐에 따라 한 사람이 바뀌고, 한 가정이 바뀌고, 한 마을이 바뀌고, 한 나라가 바뀌고, 세상이 바뀝니다.

러시아의 소설가이자 사상가인 톨스토이는 '돈이 없는 것은 슬픈 일이지만 남아도는 것은 두 배나 더 슬픈 일'이라고 했습니다. 어찌 두 배만 슬픈 일이겠습니까? 백배 천배 더 슬프고도 슬픈 일입니다.

돈을 쓸 줄 알아야

누구나 부지런히 일하면 먹고살 수 있는 돈을 벌 수 있습니다. 그러나 번 돈을 올바로 쓰는 것은 아무나 할 수 있는 게 아닙니다. 슬기로운 사람들은 평등하고 정의로운 세상을 만들기 위해 돈을 쓰지만, 어리석은 사람들은 자신만을 위해 돈을 쓰기 때문입니다.

들녘에서 부지런하게 풀을 매가며 유기농법으로 보리를 생산한 농부와 그 보리를 사서 공장에서 식혜를 만들어 파는 사람이 있습니다. 두 사람이 오랜만에 외식을 했는데, 식혜를 만드는 사람이 환하게 웃으며 밥값을 내면서 말했습니다.

"오늘뿐만 아니라 언제든지 내가 밥값을 내겠네. 아무래도 무더운 땡볕 아래서 농사짓는 자네가 나보다 더 힘들고 돈벌이도 안 되잖아."

이 세상에서 돈으로 살 수 있는 우정이나 사랑이 어디 있겠습니까?

세상에는 돈으로 살 수 있는 것보다 돈으로 살 수 없는 게 훨씬 더 소중합니다. 친구, 이웃, 부모, 형제, 평화, 자유, 낭만, 여유, 인정, 우정, 사랑, 행복, 건강 들은 결코 돈으로 살 수 없습니다. 아무리 돈이 많다 해도 흘러가는 구름 한 조각 살 수 없습니다.

돈이 있으면 누구나 쓸 수 있습니다. 그러나 아름답고 슬기로운 사람만이 돈을 잘 쓸 수 있습니다. 돈은 거름과 같아서 잘 쓰지 않으면 아무짝에도 쓸모가 없습니다.

몸 사용법

농부는 아침에 눈을 뜨면, 앉거나 서서 머리부터 발 끝까지 두드리거나 움직여서 잠자던 몸을 깨웁니다. 요 가와 맨손체조도 좋고 '몸살림 운동'도 좋습니다(준비 운동).

아무리 바쁘더라도 농사일하기 전에는 반드시 몸을 풀어야 하고, 농사일 틈틈이 짬을 내어 운동해야 합니 다(틈새 운동).

그리고 농사일 마치고 나서도 기울어지고 뭉친 몸을 반드시 풀어 주어야 합니다(마무리 운동).

하루 내내 쪼그려 앉아 풀을 매거나 오래도록 서 서 괭이질을 하다 보면 자기도 모르는 사이에 몸을 해 치기 쉽습니다. 알맞은 운동은 피로를 풀어주고 마음 마저 상쾌하게 합니다. 더구나 근육을 골고루 튼튼하 게 하고, 피 흐름을 도와 만병을 예방하는 데도 큰 도

움이 됩니다. 병이 드는 데는 한순간이지만, 병이 들면 숱한 시간과 돈과 공을 들여도 낫기가 쉽지 않습니다. 더구나 자기 몸이 아프면 모든 게 귀찮아지고, 부부와 부모 자식과 이웃 관계마저 다 끊어지고 짐밖에 되지 않습니다.

사람이 반드시 겪어야 하는, 나고 늙고 병들고 죽는 네 가지 큰 고통을 생로병사(生老病死)라 합니다. 생명을 가꾸는 농부는, 아니 사람은 누구나 나고 늙고 죽는 생노사(生老死)를 할 수 있도록 스스로 몸과 마음을 잘 다스려야 합니다.

마음 사용법

사람은 완벽하게 '불완전한 존재'입니다. 만일 완전한 사람이 있다면 어떤 일이 일어날까요?

완전한 사람은 마음마저 완전하지 않을까 싶지만, 자신이 완전하기에 완전하지 않은 다른 사람들의 실수를 이해하지 못합니다. 다른 이의 작은 실수 하나 용서할 수 없어 한평생 마음이 지옥이겠지요. 그래서 사람은 누구나 자기가 버리고 싶은 못난 모습까지 섬기고 사랑해야 합니다.

자연 속에서 하루하루 깨달음을 얻으며 살아가는 농부도 사람인지라 마음 구석구석 구멍이 숭숭 뚫려 지나가는 바람에도 상처를 입을 때가 있습니다. 그렇지만 그 상처마저 숨기지 않고 '내 것'으로 받아들입니다. 고달픈 농사일이나 사람 관계에서 오는 실수와 상처도 성장하는 데 큰 힘이 되니까요.

마음을 잃어버리지 않기

혼자만의 시간을 갖지 못하는 사람은 자신을 돌아보지 못하고, 결국 인생을 헛되게 보낼 수 있습니다. 더구나 사람으로 태어나 바쁘게 살아가는 것은 자랑이 아니라 부끄러운 것입니다.

바쁘게 살다 보면 부모형제가 어떻게 사는지, 자식들이 무슨 고민을 하는지, 가까운 이웃이 어떤 슬픔에 젖어 있는지, 벗이 어떤 희망을 찾고 있는지, 정치와 교육이 어디로 흘러가는지 어찌 알겠습니까? 허둥거리며 바쁘게 살다 보면 자신이 어디에서 와 어디로 가는지조차 생각할 겨를이 없습니다.

한자 바쁠 망(忙)을 살펴보면 잃을 망(亡)에 마음 심(心)이 합쳐져 있다는 걸 쉽게 알 수 있습니다. 바쁘다는 말은 마음을 잃어버려 정신이 없는 상태를 말하는 것입니다.

농부는 가끔 혼자만의 시간을 가질 줄 압니다. 가만
히 나무에 기대어 눈을 감고 바람 소리와 새소리를 듣
습니다. 일상에 빠져 듣지 못한 사람들의 아픔과 슬픔
을 듣기도 합니다. 그리고 머지않아 저녁연기처럼 사라
질 자신을 생각하며 너저분한 마음을 내려놓습니다.

쉬어야 할 때

농부는 철에 따라 때를 놓치지 않고 부지런히 일을 하지만, 철에 따라 쉴 줄도 압니다. 잘 쉬어야만 건강한 몸으로 농사를 지을 수 있고, 농사를 잘 지어야 살맛이 납니다.

사람(人)이 나무(木)에 기대어 스스로(自) 어지러운 마음(心)을 내려놓고 쉬는 것을 휴식(休息)이라 합니다.

농부는 일한 뒤에 오는 휴식이 얼마나 편안한지를 가장 잘 아는 사람입니다. 그래서 틈을 내어 나무에 기대어 어지러운 마음을 내려놓고 쉴 줄 압니다. 일만 하고 휴식을 모르는 사람은 브레이크가 없는 자동차와 같아 위험하기 짝이 없습니다.

휴식은 결코 낭비하는 것이 아니라, 일하면서 충분히 누리지 못한 것을 찾아 누리는 것입니다. 땅도 경작하지 않고 쉬게 해야 할 때가 있듯이 말입니다.

고무신 두 짝처럼

도시에서 살 때는 아내랑 서로 직장이 달라 아침마다 헤어지는 연습을 했지만, 농촌에서는 직장(들녘)이 같아 하루 내내 만나는 연습을 합니다. 그러다 보니 가끔 별것도 아닌 일로 다투기도 합니다.

부부가 일 년에 한두 번 만난다면 한평생 신혼처럼 달콤한 이야기만 주고받을 수 있겠지만, 하루 내내 고무신 두 짝처럼 붙어살다 보면 다투기도 하고 토라지기도 하는 것입니다.

그럴 때는 차를 마시며 서로 얼굴 마주 보고 가족회의를 합니다. 아내가 하는 말이 아무리 마음에 들지 않아도 끝날 때까지 끼어들지 않고 가만히 듣습니다. 내 생각과 다를 때는 누구랑 견주지 않고 내 생각만 솔직하게 말합니다.

이렇게 서로 다르다는 것을 인정하고 이야기를 나누

다 보면 어지럽고 딱딱한 마음이 봄눈 녹듯이 스르르
녹습니다.

집안일은 함께

도시에서 살 때는 아내랑 얼굴 마주 보고 이야기할 틈이 없었습니다. 아침마다 겨우 일어나 서로 직장에 갈 준비를 하느라 눈코 뜰 새가 없으니까요.

저녁에는 몸과 마음이 지쳐 돌아와서는 서로 얼굴 마주 보고 이야기하는 것도 귀찮을 때가 한두 번이 아니었습니다. 아내랑 말을 주고받는 시간보다 직장 동료들과 말을 주고받는 시간이 몇 배로 많다 보니, '잠만 같이 자는 게 부부인가?'라는 생각까지 들었습니다.

그런데 농부가 되고부터는 하루 내내 붙어삽니다. 아내가 밥을 푸면 나는 밥상을 펴고, 아내가 밥상을 치우면 나는 설거지를 하고, 같이 땀 흘리며 일하고, 같이 새참을 먹고, 같이 집으로 돌아옵니다.

농촌에서는 위험하고 힘든 일은 당연히 남자가 하지

만, 그밖에는 살림살이든 농사일이든 따로 나누지 않습니다. 그래서 어떤 일이든 서로 도와준다고 말하지 않습니다. 당연히 해야 할 일을 하는 것이니까요.

농부가 되고 나서 하는 일만 바뀐 게 아니라, 삶이 송두리째 바뀌었습니다.

작지만 아주 큰 차이

돈만 있으면 어떤 음식이든 사서 맛있는 요리를 해 먹을 수 있다는 생각을 하고 시장에 가는 사람이 있고, 어떤 먹을거리가 시장에 나와 있나 먼저 둘러보고 나서 어떤 요리를 할 것인가를 결정하는 사람이 있습니다.

어부와 농부를 존경하는 사람들은 어떤 먹을거리가 시장에 나와 있나 먼저 둘러보고 나서, 어떤 요리를 할 것인가를 결정합니다. 돈이 아무리 많아도 어부가 바다에서 생선을 잡지 않고, 농부가 들녘에서 땀 흘려 일하지 않으면 요리 재료를 구할 수 없다는 걸 알기 때문입니다.

자신을 들여다보는 거울

농부는 밥을 천천히 먹습니다. 옷도 천천히 입습니다. 양말도 천천히 신습니다. 신발을 신을 때도 두 손으로 천천히 신고, 신발을 벗을 때도 두 손으로 천천히 벗어 신발장에 넣습니다. 모자도 천천히 씁니다. 방문도, 대문도 천천히 여닫습니다.

자신이 작물을 키우면서 들인 정성만큼 옷도 양말도 신발도 모자도 방문도 대문도 모두 만든 사람들의 정성이 들어갔다고 생각하기 때문입니다. 그리고 그들이 남몰래 흘린 땀을 잊지 않으려고 합니다.

농부는 옷을 입거나 신발을 신거나 어떤 물건을 쓰더라도, 만든 사람들에게 예의를 지키려고 애씁니다.

농사는 어울림

지식이 조금 모자란다 해도 여럿이 어울려 농사짓다 보면, 사람이 어떻게 살아야 하는지 저절로 알게 됩니다. 돈과 시간을 들여 억지로 배우려 하지 않아도 말입니다.

농사일은 아무리 잘나고 똑똑한 사람이라 해도 혼자 하는 것보다 여럿이 함께하는 것이 훨씬 수월하고 능률도 오릅니다. 더구나 저마다 다른 생각과 재능을 가진 사람들과 같이 일을 하다 보면 배우고 깨칠 게 한둘이 아닙니다.

신영복 선생님은 머리 좋은 것이 마음 좋은 것만 못하고, 마음 좋은 것이 손 좋은 것만 못하고, 손 좋은 것이 발 좋은 것만 못하다고 했습니다. 그러니 들녘에서 부지런히 농사짓는 농부의 거친 발은 그 무엇과도 견줄 수 없이 소중합니다.

농부는 머리보다는 마음으로, 마음보다는 손으로, 손보다는 발로 들녘을 두루 다니며 부지런히 농사를 짓습니다. 그 발이 자라나는 아이들과 온 겨레를 먹여 살립니다.

함께하면 신바람

농사일은 여럿이 함께할 일이 많고, 힘들고 고달픈 일일수록 함께하지 않으면 몸과 마음이 상하기 쉽습니다. 그래서 농부는 작은 일이라도 식구들과 의논해서 결정합니다.

농사일뿐만 아니라 집안일도 함께 합니다. 네 일 내 일을 따지지 않지요. 자녀교육, 음식 준비, 설거지, 손님맞이와 같은 여러 살림살이도 역할을 따로 나누지 않습니다. 남자가 힘이 세다고 하여 여자가 하는 일을 결코 함부로 여기지 않습니다. 농촌에는 아이가 어른 몫을 할 때도 많으니까요.

작은 일이든 큰일이든 기쁜 마음으로 함께하면 신바람이 나고, 이리저리 꼬여 풀리지 않던 일도 저절로 술술 풀리고, 집안이 봄날처럼 따뜻해집니다.

인사에서 시작하는 관계

농부는 이웃이나 마을 손님을 만나면 남녀노소 가리지 않고 따뜻한 마음으로 먼저 본 사람이 인사를 합니다. 마을 공사를 하는 노동자를 만나거나 택배 기사와 집배원을 만날 때에도 먼저 인사를 합니다. 처음 만나는 사람도 모른 척하지 않고 다정하게 인사를 나누다 보면, 다음에 다시 만나게 되더라도 서먹서먹하지 않습니다.

소설가이자 사상가인 톨스토이는 '어떤 때라도 인사는 덜 하기보다 넘치는 쪽이 더 좋다'고 했으며, 마을 어르신들도 '인사 잘해서 뺨 맞은 사람은 한 사람도 없다'고 합니다. 여러분도 그저 인사 한 번 받았을 뿐인데 마음이 든든하고 하루 내내 기분 좋은 적이 있지 않습니까?

누구나 어려운 사람 관계

가끔 이웃이나 동료들과 어떤 문제로 다툴 때가 있습니다. 한 해에 한두 번 만나는 사람은 그저 반가울 뿐이라 다툴 일도 없고 미워하거나 원망할 일도 없습니다. 그러나 가까이에서 자주 만나는 사람끼리는 서로 상처를 주고받기가 쉽습니다. 그러니 어떤 문제로 누구랑 다투었으면 먼저 용서를 빌고 화해를 해야 합니다. 그때를 놓치고 자기변명만 둘러대다 보면 서로 상처만 깊어지고, 그 상처가 사람들을 갈라놓습니다. 사람 관계는 거의 이해하지 못하는 데서 생기는 것입니다. 그러니 이해하지 못한 내 잘못이 큽니다.

농사일은 자연의 순리만 따라도 그때를 맞추는 게 가능하지만, 사람살이에서 일어나는 때는 관심을 두고 대비해도 좀처럼 맞추기가 쉽지 않습니다. 오죽하면 사람살이에 왕도가 없다는 말까지 나왔겠습니까.

사촌보다 이웃이 낫다

농촌에서는 갑자기 사고를 당하거나 집에 불이 나면, 가까운 이웃이 119보다 훨씬 빨리 달려와 도와주고 불길을 잡아 줍니다. 멀리 있는 물은 가까이 있는 불도 끌 수 없다는 말이 있듯이, 멀리 있는 사람은 마음뿐이지 같이 할 수 있는 게 거의 없습니다.

결국 가까운 이웃과 잘 지내는 것이 나를 살리고 마을을 살리고 세상을 살리는 길입니다. 우리나라 속담에도 '사촌보다 이웃이 낫다'고 하지 않습니까? 좋은 이웃만큼 소중한 벗은 없습니다.

비가 온 다음 날, 비탈진 언덕에 풀을 치다가 무릎을 심하게 다쳐 병원 신세를 진 때가 있었습니다. 그때가 하필이면 유월이라 마늘과 양파를 뽑아야 하고, 감자를 캐야 하는 바쁜 농사철이라 앞이 캄캄했습니다. 내가 없는 사이에 이웃들이 서로 힘을 모아 그 많은 일을 다 해 주었습니다.

　이웃과 좋은 관계를 맺는 것은, 농사짓는 일이나 돈을 버는 일보다 훨씬 소중합니다. 공자는 '덕이 있으면 외롭지 않고 반드시 이웃이 있다'고 했습니다.

　농부는 한 마을에서 같이 숨 쉬고 살다가 앞서거니 뒤서거니 흙으로 돌아가야 할 이웃이 있어 삶이 든든합니다.

사람을 이어 주는 선물

친구 아버님 팔순 잔치 때, 다른 일정으로 갈 수가 없게 되어, 여섯 개 들어 있는 생강차 한 상자를 택배로 보냈습니다. 상자 안에 축하 글과 생강차 만드는 과정을 편지로 써서 보내 드렸더니 전화가 왔습니다.

"서 시인, 생강차 맛이 이렇게 그윽한 줄 처음 알았네. 먹자마자 온몸이 뜨듯해지고 힘이 막 솟는 것 같아. 고맙네. 이 늙은이 생각해서 귀한 선물을 보내 주어서 말이야. 산골 살림살이에 꼭 필요한 게 있으면 말해 보게나. 내가 보내 줄 테니."

그 전화를 받고 어찌나 기쁜지 밥을 안 먹어도 배가 불렀습니다. 사람과 사람을 이어 주는 데는, 억만금보다 땀과 정성이 더 낫다는 것을 새삼 깨달았습니다.

자연 속에서 깨달은 지혜

한글조차 읽고 쓸 줄 모르는 마을 어르신들 가운데, 똑똑하지는 않아도 지혜로운 분이 아주 많습니다. 한 평생 자연 속에서 자연의 순리에 따라 농사지으며 살아오신 어르신들과 말씀을 나누다 보면 감동적일 때가 한두 번이 아닙니다.

더구나 어떤 일에 대해 옳고 그름을 판단할 때는 어느 누가 들어도 알기 쉽게 말씀해 주십니다. 자연의 순리에 따라 정직하게 살아온 분만이 할 수 있는 판단이라 저절로 머리를 숙이게 됩니다.

어느 시골 도서관 벽에 '마을에서 어르신 한 분을 잃으면, 도서관 하나가 사라지는 것과 같다'는 표어를 본 적이 있습니다. 책을 많이 읽어 지식이 많은 사람도 나름대로 해야 할 몫이 있겠지만, 사람이 사람답게 살아가는 데는 지식보다는 자연 속에서 깨달은 지혜가

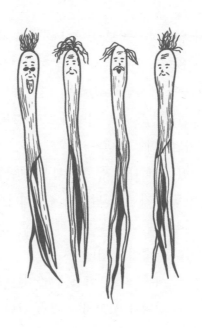

더 큰 몫을 합니다.

　마을 어르신들은 길가에 샘물 한 바가지 떠먹을 때
도 샘물에 고맙다고 꾸벅 절을 하고, 지나가는 장례 버
스를 보고도 절을 하며 인사를 합니다. 세상 걱정거리
들 다 잊으시고 편안하게 가시라고. 이런 행동은 똑똑
하다고 해서 할 수 있는 일이 아니지 않습니까?

가난해도 할 수 있는 일, 나눔

농부들은 경운기, 관리기, 이앙기와 같은 농기계뿐만
아니라 창고와 집 안에 몇 해 동안 쓰지 않은 물건들
이 없는지 때때로 살펴보고 나누어 씁니다. 이런 나눔
은 지위가 높거나 재산이 많다고 할 수 있는 일이 아
닙니다. 그저 마음만 먹으면 누구나 할 수 있는 일입니
다. 콩 한 알을 여럿이 나누어 먹듯이 말입니다.

간디는 '필요하지도 않으면서 어떤 것을 계속 가지고
있다는 것은 훔친 물건이 아니라 하더라도 훔친 것으
로 여길 수 있다'고 했습니다.

가진 게 많지 않아 누군가를 넉넉하게 돕지는 못해
도 나눌 수는 있습니다. 농부는 이웃들과 나누기를 좋
아합니다. 씨앗을 나누고, 일손을 나누고, 밥을 나누고,
삶을 나눕니다.

가진 것을 나누면 나눌수록 '빛'이 나고, 기쁨은 놀

라울 만큼 늘어납니다. 가진 것을 나누며 사는 사람들을 잘 살펴보면, 어떤 처지에서도 절망하지 않고 가는 곳마다 웃음꽃을 피웁니다.

나누는 재미

농부는 거름을 뿌리고 땅을 갈고 씨를 심을 때부터 나누어 먹을 작물과 팔아서 생활비에 보탤 작물을 따로 정해 둡니다.

심고 거둘 때를 놓친 이웃이나 찾아온 손님들한테 그저 나누어 주는 재미가 파는 재미보다 훨씬 좋기 때문입니다.

더구나 스스로 농사지어 나누는 재미는 이 세상 그 무엇과도 바꿀 수 없습니다. 텃밭에서 나누어 먹을 작물이 쑥쑥 자라는 걸 보면, 농부로 산다는 게 참 기쁩니다.

남과 견주지 않는 농부

농부는 무엇보다 자신을 소중하게 여깁니다. 내가 나를 소중하게 여기지 못하고서야 어찌 하루하루 자라는 작물을 돌볼 수 있으며, 이웃을 소중하게 여기는 마음이 일어나겠습니까?

땅과 돈이 많은 친구를 부러워하며 자기 처지와 견주다가, 자기도 모르는 사이에 그 친구와 적이 된 사람을 만난 적이 있습니다. 그 사람은 좋은 뜻을 품고 귀농했지만, 그 뜻을 이루지 못하고 다시 도시로 떠났습니다.

농부는 아무리 감당하기 어려운 나쁜 처지에 놓여 있다 해도, 나를 남과 견주지 않습니다. 남과 견주다 보면 어느새 자신을 잃어버리게 되고, 자신을 잃어버리게 되면 단 하루도 마음이 평화로울 수 없습니다.

나를 똑바로 세우는 일이, 나를 살리고 가정과 세상을 똑바로 세우는 일이 아니겠습니까?

언제나 자유인

도시 직장인들은 대부분 몸과 마음이 피곤하거나 아파도 일터에 가야 합니다. 경쟁에 처지면 진급도 못 하고 일터에서 쫓겨 나갈 걱정까지 해야 합니다. 더구나 월급을 받지 못하면 모든 계획과 삶이 뿌리째 흔들립니다. 명령과 복종과 경쟁 따위는 사람과 사람을 위아래로 나누고 이래저래 갈라놓기 쉽습니다.

농부는 바쁜 농사철만 아니면 아침에 일어나 잠들 때까지 하루하루 모든 일을 스스로 결정하여 살아갑니다. 몸과 마음이 피곤하면 늦잠을 잘 수 있고, 마음 놓고 쉴 수도 있습니다. 모든 일을 스스로 조절하지요.
농부는 승진하지 않아도 되고, 성과를 내기 위해 남한테 아부하지 않아도 됩니다. 무엇보다 남이 시키는 대로 살지 않아도 됩니다. 서로 경쟁하거나 속이지 않고도 부지런하고 정직하게 농사지으면 먹고살 수 있습니다. 뻐기고 떵떵거리며 사는 사람 부러워할 것 없이 떳떳하게 살 수 있습니다.

농부야말로 잘난 사람이나 못난 사람이나 경쟁하지 않고 서로 나누고 섬기며 살아갈 수 있는 자유인입니다.

소중하고 아름다운 공동체

농부는 도시 사람들을 소중하고 아름다운 공동체며 한 식구라 생각합니다. 그래서 틈이 날 때마다 도시 사람들을 자연(농촌)으로 초대합니다. 한 해 한두 번이라도 함께 땀 흘려 일하고, 함께 밥을 나누어 먹고, 개울에서 물놀이도 하고, 밤하늘 별을 헤며 자연 속에서 정을 나눕니다. 서로 정이 들어야 서로의 삶을 이해하고 기쁨과 슬픔을 나눌 수 있습니다.

기초 없이 건물을 세울 수 없듯이, '믿음'이란 튼튼한 건물을 세우려면 마음을 열고 가진 것(시간, 노동, 마음, 여유, 희망…)을 서로 나누어야 합니다. 그래야만 도시 사람들은 고마운 마음으로 밥상을 차릴 것이고, 농부는 자기 식구들 입에 들어가는 것과 마찬가지로 유기농법으로 농사를 지을 것입니다.

서로 믿고 밥상을 차리는 일이야말로 그 무엇보다

가치 있는 일이고, 자라나는 아이들을 위해서라도 반
드시 해야만 할 일이 아니겠습니까?

농부가 가장 즐거울 때

중국 삼국 시대 오나라 마지막 황제인 손호에게 명재상인 육개가 올린 상소문 첫머리에 "도가 있는 군주는 백성의 즐거움을 자신의 즐거움으로 삼고, 무도한 군주는 자신을 즐겁게 하는 것을 즐거움으로 삼는다"는 글이 있습니다.

농부는 농사지은 곡식을 아이고 어른이고 맛있게 먹는 모습을 떠올리기만 해도 저절로 힘이 납니다. 농부는 '백성의 즐거움'을 '자신의 즐거움'으로 삼는 군주와 같은 사람입니다.

3부

농부 다시 보기

언제나 공부하는 농부

사람은 누구나 공부해야 합니다. 특히 농부는 우리 식구가 먹는 음식이 어떤 과정을 거쳐 왔는지 반드시 알아야 합니다. 어느 나라에서, 누가, 어떻게, 어떤 마음으로 생산했는지도 알아야 합니다.

더구나 음식 속에 어떤 성분이 들었는지, 이 음식을 먹고 나면 앞으로 내 몸에서 어떤 반응이 일어날지, 공부하고 또 공부해야 합니다.

한 사람이 병들면 한 가족이 병들고, 한 가족이 병들면 한 나라가 병들고, 한 나라가 병들면 지구 전체가 병드니까요.

농사는 백년지대계

'농부는 굶어 죽어도 씨앗은 베고 죽는다'는 말이 있습니다. 이는 농부는 굶어 죽어가면서도 씨앗은 먹지 않고 남긴다는 뜻으로, 앞일을 미리 챙기는 농부의 마음을 높이 사서 하는 말입니다.

나라마다 그 땅과 기후에 맞는 씨앗이 있습니다. 그걸 사람들은 '토종 씨앗'이라 합니다. 토종 씨앗은 한 지역의 고유 유산이며, 나아가 우리 겨레의 정신문화와 이어져 있습니다. 더구나 우리 역사와 함께 생태계를 지켜왔습니다. 식량 주권과 안전한 밥상을 위해서라도 토종 씨앗은 반드시 지켜내야 합니다.

토종 씨앗은 우리 땅에 잘 맞아 누구나 쉽게 기를 수 있습니다. 기후와 환경 변화에도 잘 견딥니다. 지역 농업을 살릴 수 있습니다. 수천 년 동안 내려온 우리 입맛에 맞는 전통음식을 만들 수 있습니다. 종자 주권을 지켜 나라 경제를 살릴 수 있습니다. 돈으로 계산할 수 없는 자산을 후손들에게 물려줄 수 있습니다.

그런데 이렇게 훌륭한 토종 씨앗이 날이 갈수록 외래종과 유전자 변형 농산물 씨앗에 밀려 설 자리를 잃어가고 있습니다. 토종 씨앗을 잃는 것은 나라를 잃는 것과 다를 게 없습니다. 사람을 사람답게 만드는 교육과 사람을 살리는 농업은, 적어도 100년 앞을 내다보고 대안을 마련하지 않으면 안 되는 까닭이 여기에 있습니다.

100년

중용 23장

작은 일도 무시하지 않고 최선을 다해야 한다.
작은 일에도 최선을 다하면 정성스럽게 된다.
정성스럽게 되면 겉에 배어 나오고,
겉에 배어 나오면 겉으로 드러나고,
겉으로 드러나면 이내 밝아지고,
밝아지면 남을 감동시키고,
남을 감동시키면 이내 변하게 되고,
변하면 생육된다.
그러니 오직 세상에서
지극히 정성을 다하는 사람만이
나와 세상을 변하게 할 수 있는 것이다.

신비한 밭으로 가자
—중용 23장을 읽다가

밭을 갈아 씨 뿌리고 가꾸다 보면
작은 새싹 하나에도 신비를 느끼게 되고

신비를 느끼게 되면 생각이 달라지고
생각이 달라지면 삶이 달라지고

삶이 달라지면 작고 보잘것없어 보이는
자연과 생명 앞에서도 고마운 마음이 들고

고마운 마음이 들면 머리가 숙여지고
머리가 숙여지면 '사람 마음' 되찾게 되고

사람 마음 되찾게 되면
여태 가슴에 맺힌 상처가 낫게 되고

가슴에 맺힌 상처가 낫게 되면
세상을 넓고 깊게 볼 수 있고

세상을 넓고 깊게 볼 수 있으면
더 나은 곳으로 나아갈 수 있으니

자, 우리 함께
손에 손을 잡고 신비한 밭으로 가자

사람이 먹지 않고서는

봄에 한 알 곡식 뿌려서
가을이면 만 알 곡식 거두네
세상에는 노는 땅 한 뼘 없지만
농부는 되레 굶주려 죽는구나

한낮 무더위에 김을 매니
땀방울이 후두둑 땅을 적시네
누가 알리오 상 위의 쌀
한 톨 한 톨이 모두 농민의 땀방울인 것을

당나라 이신(李紳)이 농민들의 아픔을 노래한 시,
〈민농(憫農)〉입니다. 농사지어 식량을 만드는 농부를
하늘처럼 여기지는 않더라도, 아무 걱정 없이 농사지
을 수 있도록 해야만 합니다. 그렇게 하려면 농부의 아품을 우리 모두의 아픔으로 받아들여야 합니다. '땀방울이 후두둑 땅을 적시'는 농부들을 국가와 모든 국민이 뜻을 한데 모아 반드시 지켜내야만 합니다. 사람이 먹지 않고서는 아무 일도 할 수 없으니까요.

집밥만 잘 먹어도 건강합니다

　살아가다 보면 누구나 외식을 할 때가 있습니다. 고급 호텔 식당에서, 자격증을 가진 일류 요리사가 해 주는 음식을, 가만히 앉아서 맛볼 수 있는 기쁨을 누가 마다하겠습니까? 그러나 그 요리는 안 먹어도 살아가는 데 아무런 지장이 없습니다. 집밥을 먹고 배탈이 난 사람은 거의 없지만, 외식하고 나서 배탈이 나 고생하는 사람은 생각보다 아주 많습니다.

　그 까닭은 누가, 어떻게 생산하여, 어떤 과정을 거쳐 왔는지도 모르는 수입 농산물이 많고 더구나 맛과 빛깔을 내거나 오래 보존하기 위해 화학조미료와 첨가물 따위를 넣을 수밖에 없기 때문입니다.

　그래서 사람은 집밥을 먹어야 몸이 건강하고 마음도 편안합니다. 무엇보다 알고 지내는 농부의 땀과 정성이 듬뿍 깃들어 있는 집밥이라면 무엇을 더 바라겠습니

까? 이 세상에서 식구들과 둘러앉아 먹는 집밥만큼 건
강한 음식은 없습니다.

밥상의 힘

골치 아픈 집안 문제에다 자식까지 속을 썩여 몇 해째 잠을 못 자고 날마다 죽고 싶은 생각뿐인 어머니 한 분이 찾아왔습니다. 지나가는 자동차만 보면 뛰어들고 싶은 생각까지 들었다는 그 어머니를 위해 아내와 나는 직접 농사지은 녹두로 빈대떡을 부치고, 된장찌개와 감자볶음을 하여 소박한 밥상을 차려 드렸습니다. 그 어머니는 밥상 앞에서 닭똥 같은 눈물을 뚝뚝 흘리며 말했습니다.

"시집가서 30년 넘도록 식구들 밥상을 차려 주다가, 다른 사람이 해 주는 밥상을 가만히 앉아서 받으니까 오만가지 병이 다 나은 거 같아요."

며칠 뒤에 그 어머니한테서 전화가 왔습니다.

"몇 해째 수면제 안 먹고는 잠을 못 잤는데, 이젠 수면제 안 먹고도 잠을 잘 수 있습니다. 그때 차려 주

신 밥상 덕입니다. 내내 잊지 않겠습니다. 정말 고맙습
니다."

아내와 나는 그냥 '밥상 한 번 차려 드린 것밖에 없
는데, 이런 전화를 받고 나니 어찌나 기쁜지 몸이 새처
럼 훨훨 날아갈 것 같았습니다. 농부가 농사지어 차린
'소박한 밥상'이 이렇게 '따뜻한 힘'이 될 줄은 꿈에도
몰랐습니다.

시작은 밥상에서부터

대부분의 사람이 그렇겠지만 농부 역시 밥상을 소박하게 차립니다. 그래서 특별한 날이 아니면 반찬을 서너 가지 이상 차리지 않습니다.

소박한 밥상만이 식구들의 건강을 지킬 수 있고, 음식 쓰레기를 줄일 수 있습니다. 더구나 음식을 만들기 위해 써야만 하는 물과 전기와 가스와 시간도 줄일 수 있습니다.

무엇보다 소박한 밥상을 차리다 보면 가난한 이들과 나눌 수 있고, 여러 가지 에너지와 환경오염을 줄여 자연 앞에 덜 부끄러울 수 있습니다. 농부는 밥상에서부터 건강하고 당당하게 사는 길을 스스로 찾습니다.

가장 위대한 일

아이고 어른이고 공부만 하면 공붓벌레, 일만 하면 일벌레가 됩니다. 누구나 일하면서 공부하고, 공부하면서 일을 해야 벌레가 되지 않고 사람이 되는 것이지요.

초등학교 1학년쯤 되면 식구들(어머니, 아버지, 형제들…)과 같이 일어나, 같이 밥상을 차리고, 같이 밥을 나누어 먹고, 같이 설거지를 하고, 같이 집 안 청소를 하고, 같이 삶을 나누어야만 식구라 말할 수 있습니다. 가장 위대한 일은 식구들이 같이 할 수 있는 일을 같이 하는 것입니다.

모든 교육의 중심은 먹고사는, 먹지 않으면 살 수 없는, 밥상에서 나옵니다. 그러니 집안의 중심도 밥상이고, 사회와 국가의 중심도 밥상이며, 세상의 중심도 밥상입니다. 같이 밥상을 차리는 일, 이보다 더 거룩한 일이 어디 있겠습니까?

모든 '도'는 음식과 함께

몸과 마음이 편안하려면 가장 먼저 음식을 알맞게 잘 먹어야 합니다. 음식을 먹고 속이 편안해야 공부를 하거나 일을 할 수 있고, 수행을 할 수도 있습니다. 불교 계율의 3분의 1은 탐식을 경계하는 내용이며, 수행의 70%는 음식에서 온다고 합니다. 그래서 모든 '도'는 음식과 함께 가는 것이라 합니다.

삶이 아무리 바쁘더라도 밥상 앞에 온 식구들이 둘러앉아 불교 신도들이 드리는 '오관게(五觀偈)'를 천천히 외워 보시겠습니까? 음식과 농부에 대한 고마움으로 저절로 머리 숙이게 될 것입니다. 불교 신도뿐만 아니라 다른 종교 신도들이 드리는 기도문도 좋습니다. 좋은 기도문은 종교를 가리지 않고 널리 퍼져나가야 합니다.

이 음식이 어디에서 왔는가?
내 덕행으로 받기가 부끄럽네.
마음의 온갖 욕심을 버리고
육신을 지탱하는 좋은 약으로 삼아
깨달음을 이루고자 이 음식을 먹습니다.

제철 음식을 먹는다는 것

식량을 생산하는 것도 중요하지만, 그보다 식량이 재배되는 과정과 우리 몸에 어떤 영향을 끼치는지가 더 중요합니다.

배만 부르게 한다고 해서 식량이라 할 수는 없습니다. 날이 갈수록 함부로 뿌려대는 독한 농약과 화학 비료 탓으로 땅이 죽고, 지하수가 오염되어 개울과 강이 죽어가고, 헤아릴 수 없이 많은 사람이 병들거나 죽어가고 있습니다.

인간들이 이윤을 높이려고 만든 '공장식 축산'만큼이나 엽채류와 과채류 생산도 공장식으로 변하고 있습니다. 제철 음식을 먹어야만 건강하게 살 수 있다는 것쯤은 동네 꼬마도 다 아는 사실입니다. 그런데 날이 갈수록 철을 가리지 않고 더구나 겨울철에도 비닐하우스에서 농약과 물 비료 따위로 엽채류와 과채류를 생산하는 농장이 늘어나고 있습니다(소비자가 있기 때문이겠지요). 이렇게 키운 채소들이 사람 몸에 들어가 5년 뒤, 10년 뒤, 어떤 병을 일으킬지 생각조차 하기 두렵습니다.

생명이 있는 식물들은 사람처럼 따뜻한 햇볕 아래 시원한 산들바람을 맞으며 자유롭게 살아야 합니다. 감자고 마늘이고 모두 갑갑한 비닐 속에 갇혀 살지 말고, 한여름 소낙비를 맞고 겨울 함박눈도 맞으며 건강하고 행복하게 살아야 합니다. 그래야만 사람들도 건강한 몸으로 행복하게 살 수 있지 않겠습니까?

선택은 우리 몫입니다

사람은 자신이 사는 땅에서 나는 것을 먹어야 소화가 잘되고 몸과 마음이 튼튼해집니다. 그 말은 몸과 땅은 둘이 아니라는 하나라는 말이겠지요.

그뿐만이 아닙니다. 나라마다 그 지역에서 생산한 농산물을 먹고 살면 운송 과정에서 일어나는 에너지도 줄일 수 있습니다.

경남에서 생산한 곡식이 서울까지 가려면 자동차가 있어야 하고, 자동차를 만들려면 공장을 지어야 하고, 공장을 지으려면 전기를 써야 하고, 전기를 쓰려면 발전소를 지어야 하지 않겠습니까?

칠레에서 생산한 포도가 한국까지 오려면? 필리핀에서 생산한 바나나가 한국까지 오려면? 미국에서 생산한 오렌지가 한국까지 오려면? 오만 가지 에너지를 다 써야 합니다. 운송 과정에서 일어나는 운송비, 인건비,

매연, 미세먼지, 오래 저장하기 위해 쓰는 방부제, 농약과 화학 비료와 유전자 변형 식품은요?

옛 성왕들은 백성들한테 먹고 마시는 법을 만들어, 갖가지 맛과 향기를 갖춘 사치한 음식을 먹거나 먼 나라의 진귀하고 특이하고 괴상한 식품을 들여오지 못하게 했다고 합니다.

태어나서 지금까지 농사밖에 모르시는 산골 할머니가 '3일 동안이라도 자기 밭에서 나는 것만 먹고 지내면 만병이 낫는다'고 하시더군요. 음식과 병이 넘쳐 나는 혼란스러운 이 시대에 어떻게 새겨들어야 할까요?

지구를 지키는 영웅

벼가 자라는 논은 홍수와 가뭄을 막아 주고, 공기와 물을 깨끗하게 하고, 뜨거운 대기의 온도를 낮추어 줍니다.

논에는 벼와 풀만 자라는 게 아닙니다. 메뚜기, 거미, 잠자리, 무당벌레, 올챙이, 개구리, 미꾸라지, 땅강아지, 지렁이, 우렁이, 물방개, 소금쟁이, 바구미, 벼멸구, 왜가리, 두루미와 같은 셀 수 없이 많은 생명이 와글와글 살고 있습니다. 엄마 품이 넓고 따뜻한 것처럼 논이 엄마 품이 되어서 생명들을 살아가게 하는 것입니다.

논에는 긴 세월을 거치며 뭇 생명이 서로서로 조화롭게 어울려 생태계를 이루고 있습니다. 이러한 생태계를 보전하는 일은 교육, 문화, 학술의 가치와 더불어 사람의 몸과 정신에 미치는 영향은 어떠한 말로도 나타

낼 수 없을 만큼 소중합니다. 이렇듯이 농부는 자연 속에서 농사짓는 것만으로도 지구 온난화를 줄일 수 있고, 생태계를 보전하는 큰 일꾼입니다. 인류의 건강뿐아니라 파괴된 지구를 치유하고 살리는 영웅입니다.

농부는 '국가대표' 선수

　세종대왕은 〈권농교서〉에서 '백성들이 먹고사는 데 지장이 없게 하려면 농사를 귀하게 여겨야 한다'고 했습니다. 그런데 우리나라는 안타깝게도 식용과 사료용을 포함한 전체 곡물 자급률이 23%(2018년 기준)밖에 안 됩니다.

　만일 자연재해나 국가 분쟁이 일어나 식량을 수입하지 못하게 되면, 우리나라는 어떤 일이 일어나겠습니까? 돈이 있어도 식량을 살 수 없게 되어 굶어 죽는 사람이 헤아릴 수 없이 늘어날 것입니다. 사람뿐만 아니라 수입 사료를 먹고 살던 소와 닭과 돼지와 오리와 개와 물고기들도 죽게 될 것입니다.

농부는 전문가

독일에서 농부가 되려면 열한 살, 중학교 과정부터 농업학교에 들어가 농업전문대학을 졸업하고, 농업 마이스터 과정을 마치고 농부자격고시에 합격해야 합니다. 국민의 건강을 돌보는 농부를 아무에게나 맡기지 않는 것이지요.

농부가 되면 국가와 정부의 보살핌을 받으며, 국민들은 농부의 생활을 걱정하고 지켜 줍니다. 이렇게 한마음으로 '농부의 나라'를 만든 독일은 자식들에게도 농사를 물려줍니다. 묘비에도 '자랑스러운 농부'였다고 새긴다니, 독일 농부들의 자부심은 대단합니다.

머지않아 대한민국 농부들의 자부심도 대단할 때가 반드시 오리라 생각합니다. 아무리 4차 산업혁명 시대라며 야단법석을 떨어도 사람은 먹지 않고 살 수 없으니까요.

그러므로, 다시 농부

농촌을 가꾸고 지키는 일이 곧 모든 생명을 살리는 일인 것을, 우리는 잘 알면서도 자주 잊고 삽니다.

가난하고 사회의 온기가 닿지 않는 위치의 약한 사람들을 섬기며 사셨던 김수환 추기경은 "농촌을 잃으면 곧 우리는 고향을 잃습니다. 농촌이 망하면 우리 자신이 망하는 것과 같습니다. 때문에 이 시간 우리 모두 농민의 아픔을 우리의 아픔과 같이 생각해야 합니다."라고 했습니다.

농부는 하늘을 우러러보며 생각합니다. '나 죽고 나면 누가 논밭을 가꿀 것인가? 자식들 가운데 한 녀석이라도 농부가 되면 얼마나 좋을까?'

사람들이 돈과 편리함에 빠져 희망이 없어 보이는 세상에서도, 농부는 희망을 품고 오늘도 들녘으로 나갑니다.

소농이 미래입니다

일꾼을 거의 부리지 않고 가족이 농사지어 살아가는 농가나 그런 형태의 농업을 가리켜, '가족농' 또는 '소농'이라 부릅니다.

국제기구인 유엔은 2014년을 '가족농의 해'로 정하고, '가족농과 소규모 농업의 인지도를 높이고 특히 농촌 지역에서 지속 가능한 개발을 도모'한 바 있습니다.

겉으로 보기엔 대농이 돈벌이가 잘 되어 넉넉하게 사는 줄 알지만, 속으로는 씀씀이(대형 농기계 구매비, 운영비, 수리비, 농약 값, 은행 이자, 인건비…)가 헤프고 빚이 많습니다. 대농은 날이 갈수록 밀려드는 수입 농산물과 시장 변수에 따라 언제 빚더미에 앉을지 아무도 알 수 없습니다. 대농은 돈벌이가 안 되면 농사를 그만두겠지만, 소농은 그만두지 않습니다. 그곳이 삶의 터전이고, 전부니까요.

돈으로 움직이는 대형기계 농업, 첨단시설 농업, 공장식 축산 같은 대농은 사람과 자연을 살리는 대안이 될 수 없습니다. 그러니까 '투기 농업'인 대농보다 '살림살이 농업'인 소농을 실천하는 농부가 늘어나야만, 다음 세대에 희망을 안겨 줄 수 있습니다.

사람 농사

아이들은 여럿이 어울려 놀기 위해 태어났습니다. 잘 놀기만 해도 좋은 열매를 주렁주렁 맺을 것이고, 삶이 완전히 달라질 것이고, 온 누리에 웃음꽃이 터질 것입니다.

맞벌이 부부가 늘어나는 요즘에는 돈으로 아이들을 키웁니다. 놀이터에 있어야 할 아이들이 모두 학원에 가 있습니다. 한 달 학원비가 100만 원 들어간다는 둥 200만 원 들어간다는 둥 이런 이야기가 심심찮게 들립니다.

돈으로 아이들을 키우는 부모님께 꼭 한 가지 부탁 드리고 싶습니다. 제발 아이들한테 함부로 용돈을 주지 마시라고. 어릴 때부터 돈으로 쉽게 소비하는 버릇을 들이면 어른이 되어서도 쉽게 고칠 수 없기 때문입니다.

어린나무는 누구나 쉽게 구부릴 수 있으나 큰 나무는 아무리 힘이 센 장사라도 휠 수가 없습니다. 나쁜 버릇이든 좋은 버릇이든 나무처럼 자랍니다. 안타깝고 무섭게도 나쁜 버릇은 열 배 백 배 더 잘 자라 헤아릴 수 없이 많은 '나쁜 열매'를 맺습니다. 나쁜 버릇은 무서운 전염병처럼 자기 자신과 사회를 어지럽히고 병들게 합니다. 살아가면서 가장 두려운 것이 나쁜 버릇입니다.

농사는 때를 잘 맞추어 땅을 갈고, 씨를 뿌리고, 풀을 매고, 웃거름을 주고, 북주기를 해야 거두어들일 게 있듯이, '사람 농사'도 마찬가지입니다. 놀아야 할 때 제대로 잘 놀아야 한평생 쓸 몸과 마음이 건강해지고, 건강해야만 거두어들일 게 있습니다. 시인에게 밥이 '시'라면, 아이들에게 밥은 '놀이'입니다.

시작은 학교에서

　일본은 2005년에 식육기본법(食育基本法)을 만들어 학교에서 식생활 교육, 미각 훈련, 자국 음식의 중요성 인식, 식사예절 들을 가르쳤습니다.

　일본 아이들은 자신이 먹는 농산물이 생산되는 농촌 들녘으로 나가서 모내기도 하고 풀을 매기도 합니다. 그러면서 교사와 아이들이 함께 손을 잡고 땀 흘려 일하고, 그 느낌을 글로 쓰거나 그림을 그립니다. 때론 주제를 정해 토론하면서 농촌과 도시가, 사람과 자연이 둘이 아니라 하나라는 것을 온몸으로 깨닫습니다. 이러한 현장 체험 학습 시간이 일본어나 수학과 같은 기초 핵심 과목보다 오히려 많을 때도 있다고 합니다.

　만약 우리나라에서 이런 법을 만들어 프로그램을 운영한다면 학부모들이 어떤 반응을 보일까요?

마을이 아이를 키웁니다

'아이 하나 잘 키우려면 한 마을이 필요하다'고 합니다. 도시에 살 때는 이 말을 예사로 듣고 흘렸습니다. 돈으로 아이를 키웠지, 마을이 아이를 키웠다고 생각하질 않았으니까요. 농촌에 뿌리를 내리고 살면서 그 말의 뜻을 절실하게 깨달았습니다.

부모가 아무리 잘나고 똑똑하고 재산이 많다 해도 논밭이 없으면, 물이 없으면, 나무가 없으면, 흙이 없으면, 개울이 없으면 어찌 살 수 있겠습니까?

마을에 있는 풀 한 포기, 새 한 마리, 작은 돌멩이 하나도 아이가 자라는 데 큰 역할을 합니다. 더구나 마을에는 다른 직업을 가진 다양한 사람들이 살고 있습니다. 도서관, 우체국, 파출소, 은행, 식당, 성당, 교회, 미용원, 목욕탕, 방앗간, 문방구와 같은 크고 작은 가게도 많습니다.

그러니 마을이라는 공동체 구성원들이 아이 하나 키우는 데 얼마나 큰 역할을 하겠습니까?

모든 아이를 위한 기도

히말라야 동쪽 끝에 자리한 작은 나라 부탄은, 1인 당 국민소득이 2800달러밖에 안 되는데도 세계에서 '국민행복지수'가 가장 높다고 합니다. 부탄 사람들은 아이고 어른이고 아침에 일어나면 "오로지 자연이 그 대로 있기를!" 하고 기도드리며, 자기 자신이나 식구들 이 아닌 남을 위해 그리고 대자연과 우주에 대한 기도 를 드린다고 합니다.

우리나라 사람 가운데 아침에 일어나서 단 한 번이 라도 "오로지 자연이 그대로 있기를!" 하고 진심으로 기도해 본 사람이 몇 사람이나 될까요?

대신 이런 기도를 드리지는 않았는지요?

'내 아들이 대학시험에 합격하게 해 달라고, 내 딸이 돈 많은 부자 만나서 잘살게 해 달라고, 내 남편 사업 이 잘되어 걱정 없이 살 수 있게 해 달라고, 우리 집안

에 좋은 일만 있게 해 달라고.'

신이 있다면 어떤 기도를 즐겨 들어주실까요? 깊이 생각해 보아야 하지 않겠습니까? 이미 너무 많은 것을 가진 사람이, 더 많은 것을 바라는 기도를 드리면서, 스스로 '불행의 늪'에 빠져들고 세상을 어지럽히는 것은 아닌지요?

농촌이라는 곳

도시 사람들이 명절이나 휴가철에 고향(농촌)에 왔다 가면 몇 달 동안 범죄가 훨씬 줄어든다고 합니다, 그만큼 농촌은 사람의 마음을 깨끗하게 씻어 주고 맑은 곳으로 이끌어 줍니다.

농부는 생명이 자라는 어머니의 품 같은 농촌 들녘에서 언제까지나 조건 없이 사람들을 기다립니다. 못난 자식도 잘난 자식도, 도움이 되는 손님이든 귀찮기만 한 손님이든, 반갑게 맞이합니다.

〈중용〉 13장에 공자는 "도는 사람에게서 멀리 있는 것이 아니다. 도를 행한다고 하면서 사람을 멀리한다면, 도라고 할 수 없다."라고 했습니다. 그만큼 사람을 소중하게 여기고 존중하며 살아야 한다는 말씀이 아니겠습니까? 아무리 사람이 문제라지만, 사람만이 희망입니다.

밥 한 그릇, 오래된 미래

밥 한 그릇 짓는 데 쌀이 100g 들어갑니다. 한국농수산식품유통공사가 2017년 5월에 발표한 쌀 20kg 한 포대 소맷값은 36,189원입니다. 이를 기준으로 계산해 보면 밥 한 그릇 짓는데 들어가는 쌀값은 181원입니다. 식당에서 마시는 소주 한 병값(3000원)의 16분의 1밖에 안 되고, 맥주 한 병값(4000원)의 22분의 1밖에 안 합니다. 그러니까 사람들이 '쌀값'이 '껌값'보다 못하다는 말까지 합니다.

주식인 쌀이 껌값보다 못하니 어느 청년이 농부가 되겠다고 용기를 낼 수 있겠습니까?

밥상 위에 밥 한 그릇이 올라오려면 만물이 하나가 되어야 합니다. 그래서 밥 한 그릇은 자연과 사람이 한데 어울려 만든 성스럽고 거룩한 '마무리'입니다.

밥 한 그릇 속에는 깊은 우정이 있고, 서로를 위로

하는 따뜻한 사랑이 있고, 그윽한 평화가 깃들어 있습니다. 그 밥을 짓는 농부는 옛날이나 지금이나 '오래된 미래'입니다.

자연스럽게 산다

우리나라는 전체 인구 가운데 93.6%(2018년 현재 농사 인구 6.4%)가 시끄럽고 복잡한 도시에 몰려 있습니다. 직장 대부분이 도시에 몰려 있기에 어쩔 수 없는 일이지만, 그러다 보니 경쟁이 너무 치열해 부작용이 많습니다. '피해 의식'에 젖어 서로를 믿지 못하는 상황까지 되었으니까요.

그로 말미암아 실업, 가난, 빈부의 격차, 이혼, 방황, 우울증, 폭력, 자살, 살인과 같은 안타깝고 무서운 일이 날마다 일어나고 있습니다. 자연을 벗어난 삶은 이렇게 불안할 수밖에 없습니다.

도시에 살아도 마음만 먹으면 언제든지 자연을 가까이 할 수 있지만, 감당하기 어렵게 빠르게 변하는 세상이라 생각할 여유조차 없습니다. 아무리 바쁘고 고달픈 삶이 우리를 짓누른다 해도 사람을 둘러싸고 있는 자연을 가장 큰 스승으로 모시고 살아가야 합니다.

성 베르나르도는 '사람은 책보다 숲에서 더 많은 것을 발견할 수 있고, 나무들과 돌들은 어느 사람한테서도 배울 수 없는 것을 가르쳐 준다'고 했습니다.

농부는 작물을 키우는 일을 업으로 삼다 보니, 새와 벌레 등 살아 있는 생명들이 부르는 아름답고 때론 고달픈 노래를 들으며 자연을 닮아가는 것입니다. 스승인 자연을 닮아가는 모습! 생각만 해도 가슴 두근거리지 않습니까?

농부의 임금

바쁜 농사철이 되면 일손이 모자라 칠팔십 되는 할머니 한 분이라도 일꾼으로 모셔 가려고 경쟁이 치열합니다. 그런데 할머니들은 해 뜰 때부터 해질 녘까지 일하고도, 임금이 도시 알바생보다 적습니다. 농촌에서 태어나 농사지으며 칠팔십 년을 살았으니, 농사 경력도 그 비슷하게 칠팔십 년이나 되는데도 말입니다.

벽돌을 쌓는 이도, 구들을 놓는 이도, 타일을 붙이는 이도, 목수도, 전기공도, 용접공도, 기술과 경력에 따라 임금을 받습니다. 그러니까 들녘에서 일하는 할머니나 결혼 이주민도, 한 식구라 생각하고 법과 양심에 따라 임금을 주어야 합니다.

아무리 농부 살림살이가 빠듯하다 해도 일꾼을 모셔왔으면, 마땅히 법과 양심에 따라 정당한 임금을 주어야 합니다. 약자라고 해서, 법을 잘 모른다고 해서,

속이려 든다면 악질 기업주와 무엇이 다르겠습니까?

사람이 누구나 유명해지고 출세할 수는 없지만(그럴 필요도 없지만), 사람의 도리는 다할 수 있습니다. 농부는 가난하더라도 사람의 도리를 다하고 사람을 귀하게 여깁니다.

알아야 할 것을 하나도 모르고

도시에서 찾아온 청년이 "농부는 농사짓는 일 말고 하는 일이 없나요?" 하고 물었습니다. 물어 주는 것만으로도 하도 기뻐서 한 가지 한 가지 손가락을 꼽으면서 천천히 말했습니다.

"자급자족할 수 있는 삶을 통해 사회를 안정시키고, 식량자급률을 높여 식량안보에 버팀목이 되고, 물질 중심이 된 메마른 사회를 사람과 자연 중심으로 이끌어 가면서 고향처럼 푸근한 정을 느끼게 하고, 자라나는 아이들과 함께 일하면서 참된 놀이와 문화를 만들어가고, 도시 실업률과 환경오염을 줄이고, 먹을거리와 노동의 소중함을 일깨워 주고, 지역마다 알맞은 토종 씨앗을 보존하여 주권을 지켜나가고, 생물의 다양성을 연구하여 사람과 자연을 살리는 데 이바지하고, 잊어서는 안 될 소중한 전통을 이어가고, 무엇보다 사람들을 먹고 살 수 있도록 하고……. 어휴, 몇 밤을 새워서 말을 해도 다 못할 만큼 많은 일을 하지."

농부가 하는 말을 가만히 듣고만 있던 청년이 큰 깨달음을 얻은 사람처럼 진지하게 말했습니다.

"제가 아는 게 너무 적은 게 아니라, 알아야 할 것을 하나도 모르고 살았구나 싶습니다."

도시에서 찾아온 청년이, 하찮게 보이는 농부의 말을 귀담아듣고 이런 깨달음을 얻다니! 어찌나 고마운 지요.

무서운 악순환

날마다 아무 생각도 없이 농약 친 농산물을 돈을 주고 사 먹으면 어떤 일이 벌어질까요? 그야 뭐, 농약 회사와 농약 가게와 농약 친 농부가 돈을 벌겠지요. 돈을 번 만큼 땅과 개울이 병들고, 강과 바다가 병들고, 사람과 자연이 병들겠지요.

농약에 많이 노출되면 치매 전 단계인 '인지기능 저하' 위험이 2~3배 높아진다는 연구 결과(2019. 4. 3. 농민신문)가 나왔습니다. 어찌 치매 위험만 커지겠습니까? 농약에 몸과 마음이 병들고 가정마저 무너지면, 농촌이 저절로 무너지지 않겠습니까?

'서로'를 살리는 직거래

사람과 자연이 함께 살아가려면 소농을 살려야 합니다. 소농을 살리려면 소농이 정성 들여 생산한 농축산물로 밥상을 차리는 도시 생활자가 늘어나야 합니다.

낮이고 밤이고 돈만 있으면 무엇이든 사 먹을 수 있다고 생각하는 사람이 늘어나면 어떤 일이 벌어질까요? '사람 중심'이 아닌 '돈 중심'으로 세상이 돌아가겠지요. 그렇게 되면 사람이 돈의 노예가 되어 스스로 몸과 마음을 망치고 사람과 자연을 병들게 하겠지요.

결국 소농을 살릴 수 있는 사람은 도시 생활자입니다. 그래서 소농과 도시 생활자가 서로의 삶을 이해하고 존중하며 마음을 나눌 수 있는 '직거래'를 해야 합니다. 직거래하면 농부는 도시 생활자를 '돈벌이 대상'으로 여기지 않고, '소중한 식구'로 여기며 기쁜 마음으로 농사지을 수 있습니다.

농사 규모가 적은 소농은 생산량도 적어 공판장이
나 일반 시장에 낼 수도 없습니다. 더구나 유기농업을
하려면 여러 가지 작물을 심어야 하므로 생산량이 적
을 수밖에 없습니다. 값비싼 포장 상자와 상표를 쓰지
않고도, 서로의 삶을 지켜 주고 보살펴 줄 수 있는 직
거래를 해야만 '서로'를 살릴 수 있습니다.

농촌은 이렇게 살릴 수 있습니다

돈을 올바로 쓰기 위해 필요한 먹을거리와 생활용품을 아무 데서나 사지 않고, 사람과 자연을 살리는 생협 (생활협동조합) 판매장에서 삽니다. 휴지를 사더라도 재생휴지를, 비누를 사더라도 재활용 비누를, 세제를 사더라도 친환경 세제를, 달걀을 사더라도 건강한 닭이 낳은 유정란을 삽니다. 생협은 회원들이 출자금을 내어 운영하므로 판매 이익금을 아무도 가져가지 않습니다. 모든 재산이 생협 회원들 것이기 때문입니다.

1986년부터 '밥'으로 시작한 한살림 생협은 "밥이 된다는 것은 자신을 낮추어 다른 이를 살리는 일입니다. 모든 존재가 서로의 밥이 되었기에, 세상은 지금껏 돌아갔습니다."라고 말합니다.

우리나라에는 자연이 사람의 밥이 되는 것을 넘어, 사람이 자연의 밥이 되기 위해 애쓰는 생협이 가까운

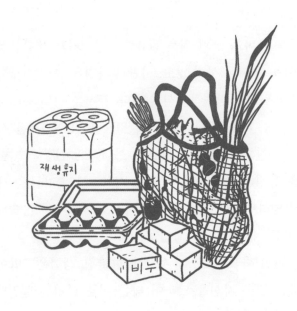

재생휴지

비누

곳에 있습니다. 오늘, 식구들 손을 잡고 생협에 가 보
지 않으시렵니까?

물물교환, 아주 바람직한 일

한 농부가 식량을 자급하려면 한해 내내 쉬지도 못하고 농사일에 매달려야 합니다. 농부가 되려면 70% 남짓은 자급해야 한다는 말도 있지만, 결코 쉬운 일은 아닙니다. 그래서 자기가 생산하지 않는 농산물은 가까운 곳에 사는 농부들과 서로 물물교환을 합니다.

높은 산골 마을이라 멧돼지가 자주 내려오는 바람에 고구마를 심지 못하는 농부가 있고, 마을 한가운데 사는 바람에 닭을 키울 수가 없어 달걀을 사 먹을 수밖에 없는 농부도 있습니다. 때론 저수지가 없는 다랑논이라 논농사 짓기 어려운 농부도 있습니다. 그러니까 고구마와 수수를, 달걀과 감자를, 쌀과 녹두를 물물교환하는 것입니다.

물물교환하면 판매 걱정이 줄어들고, 상자값과 택배비도 줄어들고, 생활비도 줄어들고, 믿고 먹을 수 있으

니 얼마나 바람직합니까? 무엇보다 먹을거리를 돈으로
만 여기지 않게 되므로, 밥상 앞에 앉으면 고마운 마
음이 저절로 들 것입니다.

세상을 가꾸는 일

사람으로 태어나 자연의 순리에 따라 농사를 짓는 것은 당연한 일입니다. 농사를 직업으로 하지 않아도 좋습니다. 아이고 어른이고 상자 텃밭에 푸성귀 한두 가지라도 심고 기르다 보면 세상 모든 작물이 친구처럼 여겨질 것입니다.

상추를 심으면 상추와 친구가 되고, 부추를 심으면 부추와 친구가 되겠지요. 날마다 아무런 조건 없이 나를 맞이해 주는 이 친구들은, 탐욕과 이기주의에 물든 시시한 '사람 친구' 열 명 백 명보다 낫지 않겠습니까?

생명 하나 가꾸는 일이 곧 나를 가꾸는 일이며 세상을 가꾸는 일이니까요.

텃밭 농사, 위대한 일의 시작

도시 텃밭이 늘어나면 좋은 일이 줄곧 일어날 것입니다. 식물의 정화 작용과 자급자족으로 말미암아 탄소발자국을 줄일 수 있습니다. 가장 위험하고 골치 아픈 미세먼지와 지구 온난화를 줄이고, 오염된 공기를 깨끗하게 하고, 메마른 마을 환경을 산뜻하게 바꿀 수 있습니다.

아이들에게 살아 있는 교육과 먹을거리의 소중함을 일깨우고, 텃밭에서 글을 쓰고 그림을 그리며 새로운 문화를 만들어 갈 수 있습니다. 하루하루 생명이 자라는 모습을 보면서 어지럽던 마음이 가라앉고, 온 식구가 건강한 여가 활동으로 말미암아 쓸데없는 소비를 줄여 건전한 삶을 누릴 수 있습니다.

이웃과 함께 텃밭을 일구며 잃어버린 공동체 정신을 되찾아 따스한 정을 나누고, 노동의 참뜻을 깨달아 '사

람다운' 마음을 되찾을 수 있습니다. 식량자급률을 높이고, 안전한 밥상을 차려 병원과 약에 기대지 않고 건강한 몸과 정신으로 살아갈 수 있습니다. 농부들의 생각과 삶을 존중하고 깊이 있는 대화를 주고받으며 함께 꿈꿀 수 있습니다.

아니오

"온갖 화학물질을 이용해서 식물의 성장을 조절하는 현대 농업, 발정제를 투입해 억지로 새끼를 배는 소와 돼지를 키워 내는 축산업, 물고기 유전자를 이식해 냉해를 입지 않는 딸기를 생산해 내는 첨단농업이 가져올 미래는 과연 바람직할까요? 액상 상태의 질소 비료를 흠뻑 맞고 자란 비닐하우스 채소를 싱싱한 상태로 한겨울에 먹을 수 있다는 것이 과연 인류에게 행복을 가져다주는 일일까요?"

자라나는 아이들이 이렇게 묻는다면 어떤 대답을 하시겠습니까? 당연히 "아니오."라고 말하지 않겠습니까? 이런 방법으로 농사지은 음식을 먹다 보면 앞으로 어떤 일이 일어날지 생각만 해도 끔찍합니다. 그래서 농부들은 온 삶을 바쳐 모든 생명을 섬기는 '바른 농사'

를 지으려고 애씁니다. 그 길만이 사람과 자연이 더불
어 건강하게 살아갈 수 있는 길이기 때문입니다.

조금 더 불편하게

농업은 자연과 가장 밀접한 산업입니다.

미세먼지 농도가 짙어지면 햇빛의 양이 줄어들어 작물이 자라는 데 나쁜 영향을 줍니다. 햇빛을 받지 못하는 작물은 건강하게 자라지 못해 병해충이 많아지고, 생산량이 줄고, 빛깔과 맛이 떨어져 팔 수가 없습니다.

미세먼지는 작물만 병들게 하는 게 아니라, 집짐승들도 시들시들 병들게 합니다. 미세먼지는 세계보건기구(WHO)가 1급 발암 물질로 지정할 만큼 이제 '공포의 물질'로 떠올랐습니다.

농부는 자기가 돌보는 작물과 집짐승을 자기 몸처럼 보살핍니다. 그래서 미세먼지가 심한 날은 미세먼지만큼이나 걱정거리가 쌓여 몸살을 앓습니다. 농부는 미세먼지가 심한 날엔 마스크라도 쓰면 덜 괴롭지만, 집짐승과 작물은 어찌할 수가 없습니다. 그래서 안타까운 마음으로 끊임없이 대안을 찾습니다.

농부는 그 대안을 가장 먼저 자기 삶 안에서 찾습니다. 에너지와 쓰레기를 줄이고, 어떤 물건이든 아껴 쓰고 나누어 쓰고 바꾸어 쓰고 다시 쓰는 버릇을 들입니다. 그리고 조금 더 불편하게, 조금 더 단순하고 소박하게 살려고 애씁니다.

세상이 바르지 못한 것은

간디는 노력 없는 부, 양심 없는 쾌락, 인격 없는 지식, 도덕성 없는 상업, 인성 없는 과학, 희생 없는 기도, 원칙 없는 정치가 나라를 망하게 하는 일곱 가지 죄라고 했습니다.

일곱 가지 가운데 하늘을 우러러 한두 가지라도 떳떳하게 내세울 게 없는 사람들이 지도자(정치인, 지식인, 교육자, 성직자, 사업가…)라는 이름으로 사람을 가르치려 듭니다.

그들은 틈만 나면 '자연보다 위대한 스승은 없다'는 말을 내뱉지만, 도시 화려한 건물 안에서 온갖 편리함을 다 누리고 살면서, 머리로만 자연을 스승이라 합니다. 제 입에서 나온 말 가운데 1%도 실천하지 못하면서 말입니다.

사람이 다른 동물과 다른 게 있다면 부끄러움을 안

다는 것인데, 부끄러움을 모르는 비겁한 자들이 돈과 권력과 종교를 거머쥐고 국민을 마음대로 휘두르니 세상은 늘 시끄럽고 불안하기만 합니다.

세상이 바르지 못한 것은 아는 것을 실천하지 않기 때문입니다. 아무리 좋은 책을 읽고 귀한 말씀을 들어도 아는 것을 몸으로 실천하지 않는다면 무슨 소용이 있겠습니까?

백 마디 말보다

창원에 있는 '젊음의 집'은 청소년들을 위해 온 생애를 바치셨던 돈 보스코의 정신에 따라 살레시오 수녀회가 운영하는 수련관입니다. 수련 교사가 모두 수녀님입니다.

어느 날, 그곳에 인성교육을 받으러 온 중학생들이 먹고 남은 밥과 반찬을 함부로 버리는 걸 본 수녀님이, 아무 말 없이 중학생들이 먹고 남긴 밥과 반찬을 먹었답니다. 그 모습을 지켜본 중학생들이 그다음부터는 아무도 밥과 반찬을 남기지 않았다고 합니다.

배워서 지식을 차곡차곡 쌓는 일이야 그다지 어려운 일이 아닙니다. 마음만 먹으면 누구나 할 수 있습니다. 그러나 배우고 깨달은 것을 실천하려면 참용기가 있어야만 합니다.

좋은 말을 하는 사람이 없어 자연환경이 오염된 것도 아니며, 기도하는 사람이 없어 농업과 농부를 하찮게 여기게 된 것도 아닙니다. 다만 실천하는 사람이 적기 때문입니다.

들녘에서 아무 말 없이 농사짓는 농부와, 중학생들이 먹고 남긴 밥과 반찬을 아무렇지도 않게 먹은 수녀님은 어떤 점이 닮았을까요? 밥 한 알 속에 깃든 땀과 정성과 고마움을 알고 실천하는 삶, 그것이 아닐까요?

마음속에 길이 있습니다

사람들은 날이 갈수록 세상 살기가 무섭고 힘들다고 합니다. 사람답게 살려고 할수록 사람대접을 받지 못한다고 합니다. 사람과 사람이 서로 나누고 존중하지 못하고 서로 헐뜯고 속이며 살다 보니, 시도 때도 없이 온갖 범죄와 생각하기조차 끔찍한 사고가 일어나고 있습니다.

이 모든 것을, 모두 다, 남의 탓으로 돌리는 사람이 많습니다. 교육이고 정치고 종교고 가리지 않고 비난하느라 아까운 시간을 다 쓰고 있습니다. 내 생각과 조금이라도 다르면 이런저런 잣대를 갖다 대면서 아예 사람 취급조차 하지 않습니다.

이런 사람 대부분은 '남의 자식'이 땡볕 아래서도 기쁜 마음으로 작물을 심고 가꾸는 농부가 되면 칭찬하면서 좋아합니다. 그러나 '내 자식'은 땀 흘리지 않고 편안하게 살기를 바랍니다.

　사람들의 머릿속이 이렇게 비겁한 생각으로 가득 차 있다면, 자라나는 아이들한테 무엇을 물려줄 수 있을까요? 사람이 사람을 갈라놓는 경쟁과 다툼과 절망밖에 물려줄 게 없지 않을까요?

농부들의 기도

오늘도 해와 별과 달이 제자리에 있기를, 마을 뒷산에 오래된 나무들이 그대로 있기를, 새들이 숲에서 기쁘게 노래 부르기를, 무더운 한낮에 시원한 바람이 불어 주기를, 개울물이 쉬지 않고 졸졸 흘러가기를, 생명을 살리는 흙이 독한 농약과 화학 비료에 병들지 않기를, 비가 내려 들녘에 연둣빛 새싹이 돋고 고운 꽃이 피기를, 나무마다 건강한 열매를 맺을 수 있기를, 나라마다 제 땅에 맞는 토종 씨앗을 보존할 수 있기를, 사람들이 스승인 자연을 언제까지나 섬길 수 있기를, 그리하여 자연과 사람을 죽이는 탐욕과 전쟁이 사라지고 서로 가진 것을 나누며 행복한 삶을 누릴 수 있기를.

농부는

땅을 일구며 날마다 별을 노래하는 시인입니다
논밭에서 살아 있는 그림을 그리는 화가입니다

지렁이 한 마리 귀하게 여기는 환경 운동가입니다
하늘을 보고 심고 거둘 때를 아는 천문학자입니다

생명을 기르면서 깨달음을 찾아가는 철학자입니다
건강한 음식으로 사람을 섬기고 살리는 의사입니다

이웃과 함께 사는 법을 아는 시민사회 운동가입니다
온 겨레를 먹여 살리는 자랑스런 국가대표 선수입니다

땀과 정성으로 삶을 배우고 가르치는 참된 교사입니다
많은 이야기를 가슴에 안고 사는 이야기꾼입니다

여린 새싹 앞에서도 머리 숙일 줄 아는 수도자입니다
사람 힘으로 안 되는 일이 있는 줄 아는 성직자입니다

모든 생명을 따뜻하게 품어 살리는 어머니입니다
고르게 가난하게 사는 법을 실천하는 '희망'입니다

● 청년 농부의 추임새

내 삶 가운데 가장 잘한 선택

봄날샘(서정홍 시인님)은 청년 농부인 나에게 "일하는 사람이 글을 써야 세상이 아름다워진다"고 하셨다. 봄날샘이 쓴 글과 시를 읽으면 일하는 사람이 글을 써야 한다는 말에 담긴 의미를 더 깊이 느끼게 된다.

《농부의 인문학》에는 봄날샘께 배운 이야기가 고스란히 담겨 있다. 삶과 글과 말이 다르지 않은 분이라, 책을 읽을 때 봄날샘 목소리가 어깨 너머로 들려오는 것 같다. 농부는 힘들고, 돈벌이 안 되고, 보암직하지도 않다. 하지만 나는 책장을 넘길 때마다 '농부가 된 것은 내 삶 가운데 가장 잘한 선택이었다'는 뿌듯함이 가슴 가득 차올랐다.

괭이질을 하고 또 하고, 풀을 매고 또 매고, 배춧잎을 한 장 한 장 넘겨 보며 배추벌레를 잡고 또 잡고. 똑같아 보이는 단순한 시간 가운데 농부는 깨닫는다. 생명이 생명답게 살아가려면 무엇을 잃지 않고 소중히 지켜야 하는지 말이다. 당당하고 자유로운 삶을 누리고 싶은 사람은, 자연에 기대어 농사짓는 농부가 하는 말에 귀를 기울여 보면 좋겠다. '길'을 찾을 수 있을 테니까.

이 세상 어디에서나 '나'를 잃지 않고 살아가고픈 사람들과 생명, 환경, 공동체, 건강, 자유, 평화, 인권, 섬김, 친절, 배려, 노동, 가치, 겸손, 소통, 행복과 같은 소중한 낱말을 가슴에 지니고 사는 분들에게 이 책을 추천해 드리고 싶다. 그리고 농사짓는 농부들이 이 책을 꼭 읽어 보았으면 좋겠다. 어떤 마음으로 농사를 지어야 할지, '농부'라는 자리에 대해 깊이 고민하는 기회가 될 것이다.

이 책을 통해 작지만 아름다운 것들을 함께 지켜갈 동지가 많이 생겼으면 좋겠다. 더 이상 소중한 것을 잃지 않도록……

_김예슬(26세, 청년 농부)